LA MORT DE SOCRATE,

TRAGÉDIE

En trois Actes & en Vers,

Représentée pour la premiere fois sur le Théâtre François au mois de Mai 1763.

Par M. DE SAUVIGNY.

Le prix est de trente sols.

A PARIS,
Chez PRAULT le jeune, Libraire, Quai de Conti, vis-à-vis la descente du Pont-Neuf, à la Charité.

M. DCC. LXIII.
AVEC APPROBATION ET PRIVILEGE DU ROY.

LA MORT DE SOCRATE,

TRAGÉDIE.

ACTEURS.

SOCRATE.

SIDIAS, Chef du Conſeil.

ANITUS, Grand Prêtre.

CRITON, Ami de Socrate.

MELITUS, Ami d'Anitus.

XAMTIPE, Femme de Socrate.

LE GEOLIER.

PRESTRES.

JUGES.

Peuple.

Soldats.

Le lieu de la Scene eſt une Place publique d'Athènes: d'un côté ſe voit le Temple de Cerès, de l'autre la Priſon.

PRÉFACE.

C'est un coup d'essai que je présente au Public : j'ai besoin de son indulgence. Si j'ai commencé par un sujet aussi grave & aussi philosophique, c'est que je cherchois à former mon cœur encore plus que mon esprit. Quel charme pour un homme qui cultive les Lettres dans la solitude, que cette morale douce & insinuante de *Socrate* ! Heureux qui la médite, & qui en est vraiment pénétré ! Il jouit de la satisfaction intérieure, le seul bien qui soit réel.

Des Personnes d'un mérite distingué, me représenterent toutes les difficultés de mon sujet pour m'en détourner. La Tragédie, me disoient-ils, ne doit peindre que des passions fortes ; *Socrate* est un Philosophe qui semble ne pas en avoir eu : *Caton d'Utique* vous conviendroit mieux.

Je balançai un moment ; mais je me demandai à moi-même : quel est le but moral qui résulteroit d'une Tragédie dont Caton seroit le Héros ? *Que l'on fait bien de se tuer quand on est las de vivre !* Principe erroné, puisqu'il est contraire au bien général. Chaque membre de la Société contracte avec elle, en naissant, des engagemens qu'il ne lui est pas permis de rompre.

Je revins à *Socrate*, mais sans penser que ma Pièce dût jamais être jouée.

Le peu d'usage que j'avois du Théatre, m'avoit fait hazarder beaucoup de choses excellentes dans *Platon*, mais déplacées dans une Tragédie ; j'en ai retranché une grande partie, peut-être en reſte-t-il encore trop.

J'ai vû, aux repréſentations, qu'il falloit ſouvent ſacrifier l'Hiſtoire à l'effet théatral : on alloit deux fois aux opinions. *Socrate*, d'abord, ſe condamnoit lui-même à vivre au Prytanée, aux dépens de l'État : ce trait a déplu. Voici de quelle façon je l'amenois.

Je prévois, en tremblant, le ſort qu'on me prépare ;
Non que mon cœur glacé craigne la faulx du Temps;
Tout prêt à ſucomber ſous le fardeau des ans,
Je vois en paix la borne où la mort vient m'attendre.
Ma vie eſt à l'Etat, vous pouvez la reprendre ;
Mais je ſuis innocent, & mon cœur craint pour vous
Votre Juge & le mien, Dieu qui nous entend tous.

Pluſieurs prétendent que ce ſujet n'eſt pas aſſez théatral. Je crois que c'eſt plûtôt la faute de l'Ouvrage que celle du ſujet, puiſqu'il excite la terreur & la pitié : Au reſte, ſi cette Tragédie, toute foible qu'elle eſt, peut m'attirer l'eſtime des honnêtes gens, j'aurai atteint le premier but que je me ſuis propoſé.

LA MORT DE SOCRATE,

TRAGEDIE.

ACTE PREMIER.

SCENE PREMIERE.

ANITUS, PRESTRES.

Les uns sortent du Temple avec Anitus ; les autres arrivent de différens côtés.

ANITUS.

NOs vœux les plus ardents n'auront pas été vains ;
Amis, nous triomphons, Socrate est dans nos mains ;

Ce ſuperbe Titan dont l'orgueil téméraire
Combattit quarante ans les Maîtres du Tonnerre ;
A pu braver leur haine & non pas mon courroux ;
Lui qui briſa leur foudre, eſt tombé ſous mes coups.

UN PRESTRE.

Si j'en crois un bruit ſourd, l'Athènien frivole
Foule aux pieds ce mortel dont il fit ſon idole ;
Mais comment, Anitus, a-t-on pu nous venger ?

ANITUS.

Dans le piége lui-même il vient de s'engager ;
Miniſtre de Cérès, pour la rendre propice,
J'offrois à la Déeſſe un ſanglant ſacrifice ;
Nos femmes, nos enfans, dans ce jour ſolemnel,
Des plus riches préſens couronnoient ſon Autel ;
Xantipe s'empreſſoit à ſuivre leur exemple,
Quand Socrate, accourant à la porte du Temple,
Où tournez-vous vos pas, lui dit-il, arrêtez,
Chère épouſe, uſez mieux des dons que vous portez ?
Vous voyez cette Troupe à vos pieds gémiſſante,
Elle leve, vers vous, une main ſuppliante ;
Il faut ſécher les pleurs qui coulent de ſes yeux :
Voilà, voilà l'encens qui doit flatter les Dieux.
Les dons ſont faits pour l'homme, un cœur pur eſt l'offrande
Qu'à nous, foibles humains, l'Eſtre éternel demande.
Alors, en pâliſſant, Xamtipe l'écoutoit,
Au front de ſes amis l'allégreſſe éclatoit,

Les Prêtres indignés, par un morne silence,
Témoignoient leur surprise; il le voit, il s'avance,
Et partage soudain, entre ces Malheureux,
Des dons qui n'étoient faits, ni pour lui, ni pour eux.
Le Peuple en ce moment, trop lent à se résoudre,
Paroît glacé d'horreur, ou frappé de la foudre;
Il ne sçait plus s'il doit se partager, s'unir,
Applaudir ou se taire, admirer ou punir.

UN PRESTRE.

Alors il étoit loin de remplir notre attente.

ANITUS.

J'éleve tout-à-coup une voix foudroyante:
Tremblez, ingrats, tremblez, la Déesse en couroux;
Va retirer les biens qu'elle a versé sur vous;
Un impie à vos yeux, dans son Temple, l'offence,
Sans embraser vos coeurs du feu de la vengence.
O Cérès, pourquoi suis-je un Ministre de paix,
Sa mort seroit déjà le prix de ses forfaits?
Mais ce bras n'est point fait pour venger vos injures;
Son sang est trop coupable, & mes mains sont trop pures.
A peine ai-je parlé, tout le peuple frémit,
De cent cris ménaçans le Temple retentit;
On entoure Socrate, on le presse, on l'entraîne,
Sous cette voûte obscure où le retient ma haine.

UN PRESTRE.

Des Citoyens, Seigneurs, peu nombreux, mais puissans,
A cette idole encor prodiguent leur encens,

Socrate dans les fers n'en eſt que plus à craindre;
Criton tonne au Sénat & Criton doit le plaindre.
Songez que l'amitié.....

ANITUS.

Diſſipez votre effroi;
S'il a pour lui Criton, j'aurai pour moi la loi.
J'ai ſçu mettre ma tête à l'abri des orages;
J'ai des plus grands d'Athène obtenu les ſuffrages;
Le Conſeil eſt pour nous & même un Sénateur,
Mélitus, contre lui nous ſert d'accuſateur;
Portant un œil impie au fond du Sanctuaire;
Aux Prêtres,plus qu'aux Dieux,Socrate a fait la guerre.
De leurs dons à l'envi les crédules mortels,
Sans lui, viendroient encore enrichir nos Autels.
C'eſt par lui qu'en ce jour le vulgaire imbécile,
Contre les Dieux & nous leve un front indocile;
Mais de ſes Sectateurs par nos mains foudroyés,
Tout le Sang répandu va fumer ſous nos pieds.
Le Peuple ſur Socrate a groſſi la tempête,
Il l'a mis dans les fers, il demande ſa tête;
Hâtons ſa mort, qu'il tombe abbattu ſous nos coups;
Que ſon exemple apprenne à trembler devant nous.
C'eſt à vous maintenant de partager ma gloire,
Je n'ai fait que le vaincre, aſſurez ma victoire;
Qu'une ſainte fureur ſe répande en tous lieux,
Et s'il le faut, Amis, faites parler les Dieux.

SCENE II.

ANITUS *seul.*

QUE je goûte à longs traits l'espoir de la vengeance !
Ces lieux seront marqués du sceau de ma puissance.
Socrate va périr. Les citoyens tremblans
Viendront tomber aux pieds de nos autels sanglans.
Contre mon ennemi j'arme l'Aréopage,
Je veux qu'à mon pouvoir lui-même il rende hommage;
Avant que son ivresse ait pu se ralentir,
Tandis qu'il me seconde, il faut l'anéantir.

SCENE III.

ANITUS, PRESTRES.

UN PRESTRE.

TOUT est changé, Seigneur, le trouble est dans Athènes,
Le peuple de Socrate accourt briser les chaînes;
Xantipe l'encourage & verse dans les cœurs
L'ardeur de se venger, sa haine & ses fureurs.

A ces premiers transports dérobez votre tête.

ANITUS.

Non. Voici le moment d'affronter la tempête.
Je connois ce vil peuple, ami, rassurez-vous ;
Vous le verrez bientôt tomber à mes genoux.

SCENE IV.

ANITUS, PRESTRES, SIDIAS, CRITON, Peuple, Soldats.

Le peuple vient pour enfoncer la porte de la prison.

UN PERSONNAGE.

LAISSERONS-nous gémir la vertu qu'on opprime,
Dans un séjour infâme habité par le crime ?

SIDIAS.

Suspendez vos clameurs, peuple séditieux.
Vous, soldats, écartez Xantipe de ces lieux.

ANITUS.

Du conseil hoelien, chef auguste & suprême,
Socrate fut aux fers condamné par vous-même ;
Vous savez de quel front cet insolent mortel
Osa braver Cérès jusques sur son autel,
J'ai voulu, pour la rendre à nos vœux plus propice,
Offrir à la Déesse un nouveau sacrifice,

L'encens s'eſt répandu, l'autel s'eſt ébranlé ;
Le Ciel s'eſt entr'ouvert & la terre a tremblé.
Par des ſignes affreux Athènes menacée,
Doit craindre ou doit venger la Déeſſe offenſée.

CRITON.

Socrate fut ſenſible aux pleurs du malheureux.
Eſt-ce en les imitant qu'on offenſe les Dieux ?

ANITUS.

Criton, ne ſervez point d'Egide à cet impie :
Le crime eſt fait, il faut que ſon trépas l'expie.

CRITON.

Vous verra-t-on toujours inſenſé, furieux ;
Souffler impunément la diſcorde en ces lieux ;
Toujours on pourra donc saintement politique
Armer du fer des Loix le bras du fanatique.
Eh, quoi ! Tout impoſteur ſous ton nom, Dieu puiſſant,
Aura le droit affreux de perdre un innocent ?
Hélas ! ſi quelquefois un malheureux t'offence,
S'il étouffe en ton ſein la voix de la clémence,
Ton tonnere qui gronde au-deſſus des mortels ;
Ne ſuffiroit-il pas pour venger tes autels !

ANITUS.

Peuple, vous entendez cet horrible langage,
De l'ennemi des Dieux reconnoiſſez l'ouvrage.
C'eſt ainſi que Socrate, inſecte audacieux,
Leve contre le Ciel un œil ſéditieux ;

Cependant, sa rempante & sacrilége adresse
Le rendit autrefois l'oracle de la Grece.
Loin de vous éclairer, c'est lui qui pour jamais
A banni de ces lieux l'innocence & la paix,
Sous le voile imposant de la philosophie,
Du soufle de l'erreur infecta la patrie,
Des Ministres des Dieux anéantit les droits,
Renversa les autels & fit taire les Loix.

CRITON.

Que vous connoissez mal un Philosophe, un sage,
Les troubles, les complots ne sont pas son ouvrage;
La paix est le seul but qu'il propose aux mortels;
Il combat des erreurs sans briser des autels.
Imitateur de l'Etre éternel & suprême,
Il a fait des heureux, il dût l'être lui-même.
Simple dans ses dehors, modeste en ses discours,
Les vertus qu'il enseigne, il les suivit toujours.
Il plaint qui le noircit, pardonne à qui l'opprime;
Son nom fait son malheur, sa gloire fit son crime.
Aux complots des méchans, n'opposant que ses moeurs,
A force de vertus il subjugua les coeurs.
De ses bienfaits sitôt peut-on perdre l'idée?
Quand nos beliers sappoient les murs de Potidée,
Du jeune Alcibiade, il a sauvé les jours.
Dans la paix, dans la guerre, il nous servit toujours.
Aux champs de Delium, théâtre de sa gloire,
Où le Beotien nous ravit la victoire,

On l'a vû du ſoldat rallumant la valeur,
Enlever Xenophon dans les bras du vainqueur;
On l'a vû s'oppoſant à tout l'Aréopage,
Du peuple mutiné faire avorter la rage.
Faut-il vous rappeller des déſaſtres plus grands?
Sparte qui nous vainquit nous donna des tirans;
Tout trembloit devant eux; la malheureuſe Athène;
N'offroit à nos regards qu'une ſanglante arène;
Lui ſeul oſa marcher au-devant du trépas:
Lui ſeul à la vengeance encouragea nos bras.
Ah, loin de nous couvrir d'une tache éternelle,
En ſuivant une haine injuſte & criminelle,
Changeons pour ſes vertus, pour ſes exploits guerriers,
Sa priſon en un temple, & ſes fers en lauriers!

ANITUS.

Qu'ai-je entendu, Criton? quel horrible blaſphême!
Vous oſez devant nous inſulter au ciel-même?
Que dis-je, vous oſez dans vos vœux criminels,
Demander pour Socrate un Temple & des Autels?
On eſt donc innocent pour être téméraire?
Quoi! pour quelques exploits que l'audace fait faire;
On pourra ſe livrer à des forfaits affreux?
Quand on ſert les mortels on peut braver les Dieux?
Le Ciel a par ma voix demandé ſa victime;
S'oppoſer à ſa mort qu'il juge légitime,
C'eſt attirer ſur nous un opprobre éternel:
Qui tolere le crime eſt déja criminel.

Allons, en attendant une prompte vengeance,
Purifier des lieux qu'a ſouillé ſa préſence.
(*Anitus entre dans le Temple ſuivi des autres Prêtres & d'une partie du Peuple*).

SCENE V.

CRITON SIDIAS, le reſte du peuple.

CRITON *vivement.*

ARrêtez, citoyens, vous étiez ſon appui,
Vous reclamiez ſes droits, vous vous armiez pour lui.
Quel caprice inſenſé tout-à-coup vous entraîne
De l'eſtime à l'horreur, de l'amour à la haine?
Le croirai-je, un vieillard blanchi dans les vertus,
Vous l'oſez ſoupçonner ſur la foi d'Anitus?
Malheureux, c'eſt par vous qu'on l'admire & qu'on l'aime!
Oſez-vous démentir & la terre & vous-même?
Que diroient tous les Grecs? Que diroit l'univers?
Non, la gloire & l'honneur à vos cœurs ſont trop chers:
Non, vous connoiſſez trop & Socrate & ſa vie,
Pour ſouffrir qu'il périſſe en proie à l'infamie.
Vous n'irez point flattant un injuſte courroux,
Eſclaves d'Anitus, ramper à ſes genoux,

Abandonner, trahir, persécuter un sage,
Qui durant quarante ans mérita votre hommage.

à Sidias.

Pere de la Patrie, appui sacré des Loix,
Du juste qui gémit entendez-vous la voix?
Vous ne répondez-pas! Quoi, Sidias lui-même
Aide à persécuter l'innocence qu'il aime!
Est-ce là ce qu'on doit au sort des malheureux?

SIDIAS.

Je ne dois que ma haine à l'ennemi des Dieux.
De leurs Ministres Saints la voix s'est fait entendre;
C'est en vain que contre eux vous voulez le défendre.
Contre tous vos discours je dois être affermi,
Criton, je suis son juge & non-pas son ami.

CRITON.

Quelle prévention aveugle, inconcevable,
Etend donc sur vos yeux son voile impénétrable?
Si le ciel qui sur lui déploya sa rigueur,
Vous ouvroit comme à moi les replis de son coeur;
Votre esprit, Sidias, ami de la droiture,
Rejetteroit des bruits qu'a semé l'imposture.
Je l'aime: mais un noeud par l'estime affermi
Ne peut point sur un crime abuser un ami.
Sur ce sage opprimé plus l'amitié m'éclaire,
Et plus il me paroît au-dessus du vulgaire.
Je crois voir dans Socrate un favori des Dieux,
Qui par son propre vol élancé dans les cieux,

Imita Promethée, & d'une main hardie,
Alluma le flambeau de la philoſophie.
C'eſt par lui que la flamme en réjaillit ſur nous;
Mais fait-on des heureux ſans faire des jaloux?
Malgré leur haine injuſte, il eſtime, il revère
Des Miniſtres des Dieux le ſacré caractere.
Il n'eſt point à leur char en eſclave enchaîné;
Mais par l'amour du vrai ſon cœur eſt entraîné;
Mais il a diſtingué, pour ſon malheur peut-être,
La loi d'avec l'abus, l'homme d'avec le Prêtre.
Le Pontiſe Anitus, qui l'accuſe aujourd'hui
L'encenſoir à la main, s'eſt courbé devant lui;
Il a pour l'éblouir inventé des miracles,
Prodigué des honneurs, fait parler les oracles:
Son cœur d'un vain encens fut toujours peu flatté:
Il n'a pû le ſéduire, il l'a perſécuté:
Exalant contre lui le venin du parjure,
Il a de vils témoins conduit la langue impure:
Au pied du Tribunal où s'aſſied la Vertu,
Le fourbe eſt triomphant, le juſte eſt abbatu.

SIDIAS.

Criton, avec douleur, je viens de vous entendre,
Quand l'ombre de la nuit ſur nous viendra s'étendre.
Vous verrez le Conſeil aſſemblé dans ces lieux,
C'eſt à lui de juger entre vous & les Dieux.

Le peuple ſort.

SCENE VI.

CRITON, *seul.*

NE fermons pas encor mon ame à l'eſpérance ;
Le fanatiſme en vain méconnoît l'innocence,
Oſons faire à ſes yeux briller la vérité.
Il eſt des Senateurs dont l'auſtère équité
Contre l'hypocriſie arme l'Aréopage,
Et ſait du fourbe adroit démaſquer le viſage ;
Voyons-les ! Ah ſans doute un juſte infortuné
Des mortels vertueux n'eſt point abandonné.
Oppoſons la douceur aux fureurs d'un barbare ;
C'eſt ainſi qu'on ramene un peuple qui s'égare.

Fin du premier Acte.

ACTE II.

SCENE PREMIERE.

ANITUS, MELITUS.

ANITUS.

VOici le lieu, l'inſtant où ce fier ſéducteur,
Socrate va tomber aux pieds de ſon vainqueur.
Tout prêt à triompher, quel vain effroi t'agite,
Mélitus? tu frémis, ton ame eſt interdite!

MELITUS.

Mon cœur t'eſt dévoué, je t'ai donné ma foi;
Tu hais Socrate, ami, je le hais comme toi:
Mais ſa mort eſt pour nous de trop peu d'importance;
Va, crois moi, ſon exil ſera notre vengeance.

ANITUS.

Eſt-ce toi qui me parle? Eſt-ce à moi, juſtes Dieux!
Je ne puis retenir mes tranſports furieux;
Cette lâche pitié m'indigne & m'épouvante,
Connois-tu bien Socrate, ame foible & changeante?
Penſe-tu qu'on dédaigne un homme tel que lui?

MELITUS.

Tu l'eſtimes ?

ANITUS.

Sans doute.

MELITUS.

Et tu le craindrois ?

ANITUS.

Oui.

MELITUS.

Et tu peux le penſer & l'avouer ?

ANITUS.

N'importe;
Plus mon eſtime eſt grande & plus ma haine eſt forte;
L'orgueilleux aſcendant qu'il a ſur les eſprits,
Peut enfanter la haine & non pas le mépris.
Sous le poids du malheur, l'éclat qui l'environne;
Me bleſſe preſqu'autant que ſon génie étonne;
Ce n'eſt pas ſans ſujet que je veux ſon trépas,
La fureur me tranſporte & ne m'aveugle pas.
Tu ſais par quels dégrés cet obſcur ſtatuaire,
A détourné ſur lui les regards de la terre.
Lui qu'on voyoit au rang des plus vils Plébéïens;
Sembloit fouler aux pieds les honneurs & les biens;
A l'entendre, à le voir, s'empreſſa la jeuneſſe.
Sous un maſque impoſant qu'on prit pour la ſageſſe;
Il ſçut inſinuer ſes principes, ſes mœurs;
Il formoit les eſprits, il façonnoit les cœurs.

Sur les Dieux & ſur nous alors ſa langue impie
Epanchoit ſourdement les poiſons de l'envie ;
Mais dès que ſon pouvoir s'affermit dans ces lieux ,
L'audace ſe fixa ſur ſon front orgueilleux.
Tu le vois, chaque jour, il nous brave, il blaſphême ;
Il oſe nous pourſuivre aux pieds de l'Autel même,
Dans l'ombre de l'école il s'arme contre nous,
Peut-être à ſon pouvoir meſure-t-il ſes coups.
Mélitus, que ſes traits retombent ſur ſa tête,
Et tournons contre lui la mort qu'il nous apprête.

MELITUS.

Te l'avourai-je, avant d'avoir lu dans ton cœur,
Le ſeul nom de Socrate excitoit ma fureur.
Je brûle d'abaiſſer ſon orgueil indomptable,
Mais ſon bienfait affreux eſt un poids qui m'accable.
Quand des tyrans de Sparte on affranchit ces lieux,
Tout le peuple vouloit me confondre avec eux ;
Ce fût lui, tu le ſcais, dont la voix généreuſe,
Calma des citoyens la rage impetueuſe,
Il a ſauvé mes jours :

ANITUS.

Pour les empoiſonner :
L'affront qu'il nous a fait, peux-tu le pardonner ?
Miniſtres des Autels & l'apui de ton pere,
Clitus, mon tendre ami, ton déplorable frere
En lui trouva ſon juge, ou plutôt ſon bourreau ;
C'eſt lui qui dans l'exil a marqué ſon tombeau.

Ah !

MELITUS.

Ah ! ſans doute, Anitus, ma haine eſt implacable ;
Mais Socrate étoit juge, & Clitus fut coupable.

ANITUS.

Tu ſçais que le Conſeil ſans lui l'auroit abſous ;
Juge de ſon pouvoir & préviens ſon courroux,
Lui, qui devant tes pas écarta la tempête,
Du fond de ſon exil feroit tomber ta tête.
Le Conſeil eſt pour nous, tout y fléchit ſous toi ;
Tout change, un jour Criton doit y donner la loi ;
Socrate eſt ſon ami, ſon conſeil & ſon maître.
Si le peuple eſt calmé ſon parti va renaître :
Alors nous reverrons plus puiſſant & plus vain,
L'inſolent dont un mot va régler le deſtin.
Veux-tu voir à ta place un rival qui te brave ?
Veux-tu parler en maître ou trembler en eſclave ?
Et, qui t'a dit qu'un jour l'eſpoir d'être vengé,
S'il revient, ſortira de ſon cœur outragé ?
Peut-être qu'il voudra, pour prix de ta clémence,
De ton ſang & du mien abreuver ſa vengeance ;
Peut-être on le verra, dans ſa haine pour nous,
Juſques ſur nos neveux étendre ſon courroux.
Crois moi, tout homme, ami, qui reçoit une injure,
Doit reſter ſans vengeance, ou choiſir la plus ſûre.

MELITUS.

Garde-toi de penſer que foible en ma fureur
J'embraſſe aveuglément les tranſports de ton cœur ;

J'en crois ma juste haine, & non pas ta colere ;
Son exil me suffit, il vengera mon frere.
Des coups les plus affreux dût m'accabler le sort,
Ainsi, je veux sa honte & ne veux point sa mort.

ANITUS.

Que dis-tu ? ... Mais déja le peuple ici s'assemble ;
Mélitus, songe au noeud qui nous unit ensemble.

SCENE II.

ANITUS, SIDIAS, CRITON,
MELITUS, PEUPLE, JUGES,
PRESTRES, ACCUSATEURS.

MELITUS *à Sidias.*

QUE Socrate à l'aspect de ses accusateurs,
Vienne justifier & son culte & ses moeurs.

CRITON.

Qu'entens-je ?

SIDIAS.

C'est assez ... Que Socrate paroisse.

CRITON.

O sort ! C'est donc ainsi que ta main nous abaisse :
Est-ce vous, Melitus, qui contre un bienfaiteur,
Oserez vous charger du nom d'accusateur ?

Socrate en ce lieu même a sauvé votre vie,
Il y verra par vous la sienne poursuivie :
C'est vous qui demandez l'arrêt de son trépas,
Faut-il que des bienfaits tombent sur des ingrats !
Eh ! Que te servoit-il d'emploïer tant d'adresse,
Pour perdre un citoyen qui n'a que sa sagesse ;
Est-ce en troublant l'Etat que tu crois plaire aux Dieux ?
Melitus, la vertu ne rend pas furieux.

(*Socrate paroît.*)

Regarde de quel front ta victime s'avance,
La paix est dans les coeurs où régne l'innocence.

SCENE III.

Les mêmes. SOCRATE.

ANITUS.

Nous t'invoquons, Minerve, ô toi qui dès longtems
Daigne jetter sur nous tes regards bienfaisans ;
Et toi, fier Souverain du Ciel & de la Terre,
Léve ton bras puissant, allume ton tonnerre,
Et si la bouche ici peut démentir le coeur,
Tombe à l'instant sur nous ton foudre destructeur.

MELITUS.

Pontifes, Sénateurs, & vous peuple d'Athêne,
La superstition, l'intérêt ou la haine,
N'ont point guidé mes pas dans ces augustes lieux,
Ce sont d'autres objets, ma Patrie & mes Dieux.

Maintenant sous le nom de la Philosophie,
Marche à front découvert l'impiété hardie;
Elle foule à ses pieds les autels & les loix,
Et la licence infâme applaudit à sa voix;
Si nous ne détruisons ce monstre en sa naissance;
Il va nous accabler du poids de sa puissance;
Et sous le voile adroit de réforme & de moeurs,
De son poison funeste infecter tous les coeurs.
Aveuglement fatal, triste effet du délire,
Foibles mortels, hélas! Nous nous laissons séduire
Toujours par l'apparence & par la nouveauté;
Moi-même qu'abusoit un dehors apprêté,
J'ai cru long-tems Socrate un céleste émissaire
Descendu parmi nous pour éclairer la terre.
A ses hautes vertus quand Delphe applaudissoit,
Quand de son nom le monde au loin retentissoit,
Son ame de sa gloire alors trop enyvrée,
Fut par l'Ambition tout-à-coup dévorée:
Alors il publia qu'un des enfans des Dieux,
S'exprimoit par sa bouche & voyoit par ses yeux:
Cependant unissant la folie au blasphême,
Favorisé du Ciel, il brava le Ciel même;
Son penchant fut sa loi, son Dieu fut la raison,
Le culte une foiblesse, & la patrie un nom.

SOCRATE.

Je ne reconnois point ces Etres fantastiques,
Ces Dieux, l'effroi du peuple, instrumens politiques,

Dont on fait des tyrans injuſtes & jaloux;
Plus cruels, plus changeans, & plus foibles que nous.
Il eſt un Dieu puiſſant, dont la main étenduë
Tient au milieu des airs la terre ſuſpendue;
Le ſouffle de ſa voix enfanta l'Univers,
Dans le centre du monde il creuſa les enfers;
Il plaça ſous ſes pieds ce flambeau tutélaire,
Ce feu qui nous ſoutient, ce jour qui nous éclaire.
L'intérêt, ſeul reſſort qui meut tous les mortels,
Par eſpoir & par crainte éleva ſes autels;
L'ignorance enfanta tous ces cultes bizarres,
Et ces loix qui ſouvent nous ont rendus barbares.
Victimes de l'erreur, joüets de nos penchans;
Hélas! Nous ſommes nés plus foibles que méchans.
Ce n'eſt point par l'amour d'une vaine ſcience,
Que j'ai voulu briſer le joug de l'ignorance:
On ne m'a jamais vû d'un vol audacieux,
Le Compas à la main m'égarer dans les Cieux;
Je ne cultive point tous ces Arts inutiles,
Ces frivoles enfans du luxe de nos Villes.
J'ai voulu, pour ſortir des piéges de l'erreur,
Approfondir mon Être & rentrer dans mon cœur:
Alors je me ſentis inſpiré de Dieu même,
Pour rendre un juſte hommage à ſa grandeur ſuprême;
Pour offrir à vos yeux la vérité, la paix,
L'amour de la ſageſſe & l'horreur des forfaits.

MELITUS.

Quel fruit nous a produit cette vaine ſageſſe ?
Elle a ſemé le trouble & l'erreur dans la Grece.
Socrate vous ſéduit, & cependant ſa voix
Enſeigne la révolte & le mépris des loix,
Affranchit les enfans du joug ſacré des peres,
Releve des erreurs, peut-être, néceſſaires,
Combat des préjugés qu'on n'efface jamais,
Veut donner la ſageſſe & vous ôte la paix.

SOCRATE.

Qui, moi, j'aurois troublé la paix de ma Patrie?

MELITUS.

Vos diſciples, Socrate, ont fait plus, l'ont trahie;
On ſçait qu'Alcibiade ainſi que Critias,
Nourris dans votre école, ont marché ſur vos pas;
Leur vertu répondit à ce généreux zèle,
L'un fut notre tyran, l'autre fut un rébele.

SOCRATE.

Le ſuccès à nos vœux ne répond pas toujours;
Parmi ceux qui prêtoient l'oreille à mes diſcours,
Il fut plus d'un méchant, comme il fut plus d'un
ſage;
Leurs vices, leurs vertus ne ſont pas mon ouvrage.
Si j'ai bravé les Loix, renverſé les Autels,
Arraché vos enfans de vos bras paternels,
Alteré, corrompu leur crédule innocence,
O vous qui m'entourez appellez la vengeance!

Respectables vieillards, pressez, hâtez ma mort....
Mais non, je vous vois tous attendris sur mon sort,
Et vous, membres sacrés de ce Sénat auguste,
Je vous découvre un cœur inébranlable & juste.
Que de vils criminels du suplice effrayés
Prosternent devant vous leurs fronts humiliés:
Sans m'abaisser comme eux j'attendrai ma sentence;
La crainte ne doit point avilir l'innocence.

MELITUS.

De ses fausses vertus l'appareil fastueux,
D'Athènes trop long-tems sçut éblouir les yeux:
C'est à vous maintenant d'éclairer le vulgaire,
Sénateurs, que l'exil soit son juste salaire.

ANITUS.

Quoi l'exil! est-ce ainsi qu'on venge les Autels?
Est-ce ainsi qu'on punit des complots criminels?
Démasqué dans Athène & non pas dans la Grece,
Il séduira toujours par sa feinte sagesse.
Son exil va grossir ses hardis Sectateurs,
La persécution met un prix aux erreurs.
Si la cause des Dieux, Sénateurs, vous est chère,
Du glaive de Thémis frappez un téméraire.
Prévenez par sa mort....

CRITON.

Arrête, & connois-moi,
Socrate est mon ami, sa conduite est ma loi;
Ses crimes sont les miens, & s'il faut qu'il périsse,
Je veux que le Sénat ordonne mon supplice.

Prononcez, Sénateurs.

(*On va aux opinions*).

SIDIAS.

Le Conseil par ma voix,
Vous condamne à la mort comme rébelle aux Loix.

CRITON.

Eh bien, pour m'accabler que tardez-vous encore?
La vie est désormais un fardeau que j'abhore.
Sénat, je t'abandonne à ce vil séducteur;
Athènes je te fuis, tes murs me font horreur.
S'il me faut séparer du vertueux Socrate,
Tonnez Dieux tout-puissans sur ma patrie ingratte?
Qu'en éclairant la mort du plus grand des mortels,
La foudre embrase Athènes & ses murs criminels.

SOCRATE.

Eh quoi, votre vertu, Criton, s'est démentie,
Respectez le Sénat, chérissez la patrie.
Je naquis pour mourir, l'arrêt de mon trépas,
Vient de mouvrir la tombe où j'allois à grands pas.
J'y descend, & mon cœur n'en est que plus tranquile;
La vie est un passage & la mort un azile;
Son image à nos yeux sans cesse doit s'offrir;
Qui cherche à vivre heureux, apprend à bien mourir.
O vous tous dont la bouche a dicté ma sentence,
Vous connoîtrez, sans doute, un jour mon innocence:
Puisse mon sang versé pour l'intérêt des Cieux,
Faire multiplier les Sages dans ces lieux.

Que l'immortel flambeau de la Philoſophie ;
S'élevant par degré du ſein de ma patrie ,
Etende ſa lumiere au bout de l'Univers ,
Et faſſe le bonheur de cent peuples divers.

SCENE IV.

CRITON, SOCRATE.

SOCRATE *retenant Melitus par le bras.*

Melitus , mon trépas ſera donc votre ouvrage ?
Ecartez , Dieu puiſſant , un ſiniſtre préſage.
Athènes peut donner des regrets à mon ſort ,
Puiſſe-t-elle ſur vous ne pas venger ma mort ,
Vous vouliez me ravir ſon amour , ſon eſtime
Vous avez triomphé , je ſuis votre victime ;
Vos regards vont jouir de mes derniers inſtans ,
Mais la vérité reſte & l'erreur n'a qu'un tems.

CRITON.

Melitus à pleurer a donc pû me contraindre ?

SOCRATE.

Criton , ſi vous pleurez que ce ſoit pour le plaindre.

CRITON.

Ah ! Je plains la vertu quand le crime eſt heureux ,

SOCRATE.

Croyez-moi , le bonheur eſt d'être vertueux.

CRITON.

Mais mourir innocent.... ô mort trop déplorable!

SOCRATE.

Eh quoi, voudriez-vous me voir mourir coupable?

SCENE V.

MÉLITUS *seul.*

QU'ai-je fait.... de quels traits mon cœur est-il atteint?
C'est moi qui l'assassine, & c'est lui qui me plaint;
Et j'ai pu concevoir cette affreuse pensée....
Monstre d'ingratitude en ta fougue insensée,
Tu n'es que l'instrument du courroux d'Anitus;
Tu foules tout aux pieds, devoirs, bienfaits, vertus.
Pourquoi? pour n'écouter que la haine & l'envie...
Il a sauvé tes jours & tu proscris sa vie.

SCENE VI.

ANITUS, MÉLITUS.

ANITUS.

ENFIN, nous pouvons donc nous flatter de sa mort?
Ami, sans toi, peut-être, il triomphoit encor.

MELITUS.

Cruel! tu m'as rendu traître, ingrat & parjure;
L'opprobre des humains, l'horreur de la nature.
Ne flatte pas encor ton coeur d'un vain ſuccès,
Mon oeil perce la nuit qui couvre tes ſecrets;
Ce n'eſt qu'en friſſonnant que je les enviſage,
Tremble, ſi je ne puis le ſouſtraire à ta rage.
Je ſerai ſon vengeur, je ſerai ton bourreau,
Nous expierons tous deux ſa mort ſur ſon tombeau.

ANITUS.

Quoi donc, à cet excès la douleur vous égare!
Outrager un ami!

MELITUS.

Moi ton ami, barbare!
Que mon bras ne peut-il, ame lâche & ſans foi,
Confondre, anéantir des amis tels que toi!
Que les Cieux ſoient vengés, que la terre en frémiſſe!
Ou pour te ſouhaiter un plus cruel ſupplice,
Un tourment dont jamais rien n'égala l'horreur,
Que mon affreux remords paſſe au fond de ton cœur;
Que l'enfer tremble aux cris de ta douleur profonde;
Que la mort les entende & jamais n'y réponde!

ANITUS.

Pourquoi me fuyez-vous, où tournez-vous vos pas?
Melitus.... écoutez.... Mais il ne m'entend pas;
Ménageons un ami foible, mais néceſſaire;
S'il va de mes ſecrets dévoiler le myſtère,

Il peut sauver Socrate, il rompt tous mes projets;
Je perds en un instant le fruit de mes forfaits.
Allons rendre le calme à son ame interdite,
Assurer ma vengeance ou préparer ma fuite.

Fin du deuxième acte.

ACTE III.

SCENE PREMIERE.

XANTIPPE, LE GEOLIER.

[*Socrate endormi dans le cachot*]

XANTIPPE.

GUIDE mes pas tremblans, ſeul ami que j'implore,
Dans ces murs abhorrés, le crime veille encore.
Cher époux, tendre objet de douleur & d'effroi,
L'allarme eſt en tous lieux, la paix eſt avec toi.
Il dort.... en frémiſſant tu détournes la vue:
Hélas! à ſon aſpect ton ame eſt donc émue.
Il eſt un ſentiment ſublime & généreux,
Que nous inſpire un homme illuſtre & malheureux;
Sur-tout, quand ſon malheur naît de ſon innocence.
Il t'arrache des pleurs, je le vois... la Sentence
Dont le fourbe Anitus eſt l'execrable auteur,
Comment as-tu donc pu l'entendre?

LE GEOLIER.

Avec horreur!

XANTIPPE.

Eh bien! à ta Patrie ose épargner un crime;
Deviens le bienfaiteur du juste qu'on opprime;
Ose rompre ses fers.

LE GEOLIER.

Oui, je sens qu'aujourd'hui,
Le Ciel même; le Ciel s'intéresse pour lui.
J'ai vu de Mélitus le repentir sincère;
Je l'ai vu détester son complot sanguinaire.
Ses larmes, ses sanglots, ses remords, sa douleur
Viennent de faire entrer la pitié dans mon coeur.
Pour la fuite ses soins ont devancé l'aurore,
Tout est prêt, il m'attend; mais Socrate l'ignore.
Par la honte abbattu, Mélitus aujourd'hui
N'a pas encor osé paroître devant lui.
Et je viens.....

SCENE II.

LES MESMES.

SOCRATE *se réveillant.*

DIEU du Ciel, éternelle Puissance;
Socrate qui t'adore, implore ta clémence;
C'est en cet heureux jour que le flambeau des Cieux,
Pour la derniere fois, va briller à mes yeux!

XANTIPPE.

Non, vous ne mourrez pas, les champs de Theſſalie
Me répondront bien-tôt d'une ſi chère vie.
Fuyons.

LE GEOLIER *voulant ôter les fers de Socrate.*

Vous êtes libre.

SOCRATE *l'en empêchant.*

Eſt-il quelques climats
Où l'on puiſſe échapper à la faulx du trépas?

XANTIPE.

Cruel! que faites-vous? laiſſez briſer vos chaînes;
Les momens nous ſont chers; éloignons-nous d'Athènes.
Sachez que Mélitus honteux, déſeſpéré,
Vient de trouver pour vous un azile aſſuré;
Que dans la juſte horreur qui maintenant l'anime;
A la face du Ciel il abjure ſon crime;

SOCRATE.

Son cœur s'eſt repenti? Je ſuis moins malheureux;
Puiſſe le Ciel propice exaucer tous mes vœux.
Il eſt donc vrai, grand Dieu, ta bonté ſecourable
A jetté ſur Socrate un regard favorable.

XANTIPPE.

Sans doute, cher époux, un Dieu vous tend les bras;
Venez.

SOCRATE.

La loi, Xantipe, enchaîne ici mes pas.

XANTIPE.

Des complots des méchans quand on est la victime,
On doit s'en affranchir.

SOCRATE.

Le puis-je par un crime ?

XANTIPE.

Quoi, sauver l'innocence est un crime à vos yeux ?

SOCRATE.

La loi l'ordonne ainsi, la loi nous vient de Cieux.

XANTIPPE.

Mais d'affreux suborneurs trompent l'Aréopage ;
Il faut donc....

SOCRATE.

Obéir, c'est le devoir du Sage.

XANTIPPE.

Et vous voulez....

SOCRATE.

A tout, mon coeur est résigné.

XANTIPPE.

Mais il est innocent.

SOCRATE.

Mais je suis condamné.

XANTIPPE.

Faudra-t-il que le fourbe ose avec arrogance,
Sous un pied sacrilége, écraser l'innocence ?
croira-t-on que, pouvant éviter sa fureur,
Vous vouliez, à ses coups, présenter votre coeur ?

Non ;

Non, rien n'égaleroit l'affreuse ignominie,
Dont ce lâche attentat couvriroit la patrie.
Songez que votre mort attireroit sur nous
Tous les foudres vengeurs du céleste courroux.
Pour vos Concitoyens, pour vous, pour votre gloire,
Privez donc Anitus du fruit de sa victoire;
Et, si l'Aréopage à pu se démentir,
Accordez-lui du moins le temps du repentir,

SOCRATE.

Votre amitié m'est chère, & mon ame attendrie,
Xantipe, en ce moment, partage votre envie;
Puisse le Ciel payer des soins si généreux!
Mais voyez si je dois favoriser vos voeux,
Ce n'est ni l'amitié, ni l'amour, ni la gloire;
C'est la seule équité que Socrate en peut croire.

[*au Geolier.*]

Nous permet-elle, ami, de rompre à notre gré,
Un serment qui, pour nous, est un lien sacré?

LE GEOLIER:

Non.

SOCRATE.

C'est donc faire au Ciel la plus sensible injure,
Que d'attendrir un cœur pour le rendre parjure.

à sa femme.

S'il est vrai; pourquoi donc corrompez-vous la foi
Du mortel dont les yeux doivent veiller sur moi;

Et que lui fait ma mort injuſte ou légitime,
S'il ne peut de ces lieux m'arracher ſans un crime?
Ami, croyez-en moins la pitié que les loix,
On n'eſt point équitable & parjure à la fois.

LE GEOLIER.

Hélas! tant de grandeur rend mon ame étonnée;
On n'a point corrompu la foi que j'ai donnée;
C'eſt la ſeule vertu qui me parle pour vous,
Socrate, & qui me fait tomber à vos genoux;
Mon cœur s'ouvre, il ſuccombe à ſes triſtes alarmes:
Laiſſez briſer des fers arroſés de nos larmes.
Je vous ſuivrai. J'irai loin d'un Ciel corrompu,
Où le vice orgueilleux foule aux pieds la vertu,
Où je vois triompher le crime que j'abhorre;
Enfin, où je punis la vertu que j'honore.
Voulez-vous me réduire au déſeſpoir affreux,
De vous voir par ma main expirer à mes yeux!

XAMTIPE.

Non, votre cœur n'a point cette vertu farouche;
Que rien ne peut fléchir, qu'aucun malheur ne touche;
Toujours il fut ſenſible à la tendre amitié:
Quoi, ne voudroit-il plus s'ouvrir à la pitié?
Hélas! dois-je vous voir injuſte envers vous-même;
Porter le coup mortel à ce cœur qui vous aime?
Ces gages de nos nœuds, l'eſpoir de vos vieux ans;
Vous les abandonnez vos malheureux enfans!

La vie est après vous le seul bien qui leur reste ;
Leur vendrez-vous si cher un présent si funeste ?
La raison entr'ouvrant leurs yeux chargés de pleurs,
Ne peut qu'éterniser leur honte & leurs douleurs.
En redoublant l'horreur de leur sort déplorable,
Les tyrans conjurés, dont la main vous accable,
Leur feront détester des jours trop malheureux.
Ah ! Si ce n'est pour vous, au moins vivez pour eux.

(*Un Esclave présente les enfans de Socrate.*)

Paroissez, chers enfans, peut-être que vos larmes
M'offriront contre lui de plus puissantes armes !
Ou bien, si le barbare est son propre bourreau,
Au moins nous descendrons dans le même tombeau !
Approchez ! Secondez une mere expirante,
Unissez vos sanglots à ma voix défaillante :
Si l'amitié, le sang ont sur vous quelques droits ;
Vos parens, vos amis vous parlent par ma voix,
Ils sont à vos genoux vous leur devez un pere,
Un époux, un ami sensible à leur misere.
Pouvez-vous d'un œil sec contempler à vos pieds
Xamtipe & vos enfans dans leurs larmes noyés ?
Mes lamentables cris, mon désespoir horrible
N'adouciront-ils pas votre cœur inflexible !

SOCRATE.

Cessez de déchirer le cœur de votre époux,
Laissez-moi mes enfans, Xamtipe, levez-vous.

(*Au Geolier.*)

Vos devoirs sont sacrés, ami, l'heure est venue,

Allez pour mon trépas préparer la cigüe.
Dites à Melitus que je bénis mon ſort,
Puiſqu'on l'a vû verſer des larmes ſur ma mort;
Que le Ciel ſatisfait d'un repentir ſincère,
Ne nous punira point en tyran, mais en pere;
Et que ſi mes ſouhaits ſont exaucés des Cieux,
Il ſera toujours juſte & jamais malheureux.

SCENE III.

SOCRATE, XAMTIPE.

XAMTIPE.

NOn, jamais tu n'aimas, jamais de la nature
Ton cœur féroce & dur n'écouta le murmure;
Jamais les cris du ſang, l'amour, ni l'amitié
N'ont arraché de toi la plus foible pitié.
A la peine, au plaiſir ton ame inacceſſible,
Se fait une vertu de reſter inſenſible.
D'un œil indifférent tu vois couler nos pleurs,
Tu croirois t'avilir en plaignant nos douleurs,
Cruel! l'humanité dégraderoit ton ame,
La gloire eſt ton tyran, la vanité t'enflame!
Une épouſe éplorée & des fils malheureux,
Sont des objets trop bas pour ton cœur orgueilleux.
Ou plûtôt en ſecret tu t'applaudis, barbare,
Quand la mort, d'avec nous, pour jamais te ſépare.

Nos larmes, nos sanglots, nos tourmens ; notre
effroi,
Ce qui fait nos malheurs est un plaisir pour toi.
Oui, cruel ! Loin de moi c'est ton coeur qui t'en-
traîne ;
Dès long-tems ton épouse est l'objet de ta haine.
Et si devant mes yeux tu dédaignes ton sang,
C'est pour être sorti de mon malheureux flanc !
Songe qu'en ma fureur je puis tout entreprendre,
Mais que vois-je.... Criton.... Que va-t-il nous
apprendre !

SCENE IV.

Les mêmes.

CRITON, & les amis de Socrate.

CRITON.

AH ! quel sanglant tableau vient de frapper mes
yeux !
C'en est fait, Melitus.....

XAMTIPE.

Il est mort.

SOCRATE.

Justes cieux !

CRITON.

J'errois près de ces murs à ma douleur en proye,
Leur aspect redoubloit les pleurs où je me noye ;

J'apperçois ce barbare immobile, éperdu,
Il étoit à mes pieds dans la fange étendu.
Dès qu'il porte sur moi sa vue épouvantée,
Il frappe de son front la terre ensanglantée,
Se leve, & par des pleurs soulageant ses tourmens;
Il fait retentir l'air de ses rugissemens.
Le peuple qui l'entend, au tour de lui s'arrête;
C'est par moi, nous dit-il, qu'on a proscrit sa tête.
Socrate est innocent, allez rompre ses fers,
Je ressens dans mon cœur tout le feu des enfers.
Il dit : en ce moment, vous eussiez vu son trouble,
Il s'arme d'un poignard, il se frappe, il redouble,
Il tombe. Je saisis le fer encor fumant;
Soudain .... ô désespoir, ô spectacle effrayant!
Je vois... Dieux, j'en frémis! Je vois sa main mourante,
Ouvrir avec effort sa blessure sanglante!
Et soulevant sa tête où se peint le trépas;
Son oeil s'entrouvre, il meurt en me tendant les bras.

SOCRATE.

Ah, que tes châtimens, Dieu vengeur, sont terribles!
Quand la mort nous saisit dans ses bras invisibles,
Et du sein de la nuit nous traîne devant toi,
Qu'il est doux d'y porter un cœur exempt d'effroi!

XANTIPPE.

Ah! Criton, il pouvoit éviter, par la fuite,
Tous les maux que sa mort va traîner à sa suite.

CRITON.

Pouvez-vous préférer de mourir dans les fers ?

XANTIPPE.

Et nous laiſſer en butte aux plus honteux revers.

SOCRATE.

Athènes veut ma mort & doit être obéïe.

CRITON.

Vous ſervez Anitus, & non pas la Patrie ;
Vous ſervez l'ennemi, le Tiran de l'Etat,
Qu'enhardit aux forfaits un ſi lâche attentat.

SOCRATE.

Criton, ſi ce n'eſt point la crainte du ſupplice.
Mais l'amour des vertus qui vous fait fuir le vice,
Ce ne ſont point des fers en ce jour d'effroi,
Qui doivent retenir Socrate ; c'eſt la loi.
Du bonheur de l'état, ſongez qu'elle eſt le gage,
Qu'elle eſt l'apui du foible & la régle du ſage ;
Qu'à mes yeux ſatisfaits, plus je ſuis innocent,
Plus la loi me demande un cœur obéiſſant.
C'eſt ſa voix qui m'arrête, il me ſemble l'entendre :
« Aux diſcours d'un ami, garde toi de te rendre,
Socrate, dans ton cœur étouffe ton orgueil,
De l'humaine ſageſſe il eſt ſouvent l'écueil.
Pourquoi ſauver tes jours, ils ſont à ta patrie,
Ne peut-elle à ſon gré diſpoſer de ta vie ?
Loin du champ de la mort détournois-tu tes pas,
Quand ſur toi, jeune encor, elle étendoit ſon bras ?

Et tu veux aujourd'hui, quand sa main consolante
Borne le triste cours d'une vieillesse lente,
Malgré le Ciel & moi, fuir à pas chancelans,
Et ternir en un jour l'éclat de soixante ans.
Malheur à toi; malheur aux peuples qui s'exposent
A s'affranchir du joug que les loix leur imposent;
L'audace alors s'unit avec l'impiété,
Le crime rompt les noeuds de la société;
Il n'est plus de vertu, d'honneur & de patrie,
Et l'or est le dieu seul à qui l'on sacrifie.
Quoi, tu voudrois, du monde, inutile fardeau,
Végéter dans la honte au bord de ton tombeau?
Fais plutôt de tes jours un noble sacrifice,
Le Ciel à tous tes voeux en sera plus propice;
Offre lui tes enfans, il veillera sur eux;
Il veillera sur toi, si tu fus vertueux.
Ton devoir, ton honneur, tout sert à te résoudre;
La terre te condamne, & le Ciel va t'absoudre. »
Oui, Criton, mon esprit plein d'un espoir flatteur,
Semble entendre ces mots retentir dans mon coeur.

CRITON.

Ami, je ne sçaurois soutenir votre vue,
Je vous fuis, trop d'horreur est ici répandue.
Sachez, si je ne puis changer l'arrêt du sort,
Qu'on ne me verra pas survivre à votre mort.

SCENE V.

Les mêmes.

XANTIPE.

ENfans infortunés d'un pere plus barbare,
Vous ignorez les maux que sa mort vous prépare,
Il brave la nature, il est sourd à sa voix,
Cependant il vous voit pour la derniere fois;
Des chaînes & la mort sont donc la récompense
Que le Dieu qu'il adore accorde à l'innocence!

SOCRATE.

Ah! Xantipe, arrêtez, ne vous aveuglez pas;
Si vos yeux franchissoient les bornes du trépas,
Vous verriez que le Dieu qui vous donna la vie;
Vous fit, ainsi que moi, pour une autre patrie;
Et que si sa bonté qui doit me rassurer,
Eprouve ma vertu, c'est pour mieux l'épurer.
Je laisse entre vos mains & sous votre puissance,
Ces gages précieux d'une sainte alliance:
Le Ciel & mes amis prendront soin de leur sort;
Mettez-leur sous les yeux & ma vie & ma mort;
Dites-leur qu'aux honneurs, ainsi qu'à la richesse;
J'ai toujours préféré la vertu, la sagesse;
Que le souverain bien, le suprême bonheur
N'est pas dans les plaisirs, mais dans la paix du cœur.

Qu'ils ſoient ſoumis au loix, qu'ils ſervent la patrie.

(*En voyant la coupe qu'on lui apporte.*)

Inſpirez-leur ſur-tout le mépris de la vie.
Il faut nous ſéparer, recevez mes adieux,
Epargnez le tableau de ma mort à vos yeux.
Approchez, mes enfans, embraſſez votre pere.
Vivez unis, vivez ſoumis à votre mere.
Si leur oreille un jour étoit ſourde à ta voix,
S'ils défioient ta foudre, & s'ils bravoient tes loix,
Dieu puiſſant, que ſur eux ton bras s'apeſantiſſe,
Ou que le repentir prévienne ta juſtice!
Allez.

XAMTIPE.

Non, je ne puis me ſéparer de toi,
Cruel! & pourquoi donc veux-tu mourir ſans moi?
Après toi, cher époux, il m'eſt affreux de vivre,
Tu me trouves ſans doute indigne de te ſuivre.
Pardonne mes erreurs & mes emportemens,
C'eſt moi, c'eſt ma fureur qui fit tous tes tourmens,
Tu dois les oublier, j'en ſuis aſſez punie,
(*Elle l'embraſſe.*)
O lumière du jour que ne m'es-tu ravie!

SOCRATE.

Si vous m'aimez encor, vivez, ſéchez vos pleurs,
Xamtipe. Adieu. (*Socrate prend la coupe, Xamtipe veut l'en empêcher.*)

Cremès, éloignez-la.

XAMTIPE *s'évanouiſſant.*

Je meurs!

SCENE VII.

SOCRATE, SES AMIS, LE GEOLIER.

SOCRATE.

TOI qui lis dans mon cœur, exauce ma priére;
Accorde un heureux terme à mon heure dernière;
Mon ame pour jouir d'un bonheur éternel,
Va bientôt s'envoler dans ton ſein paternel.

(*Il boit.*)

Quoi, loin de voir ma mort avec indifférence,
Vos cœurs ſont abbattus! votre pitié m'offenſe.
Ah! rappellez à vous la vertu, la raiſon.
Quoi, Cremés, vous pleurez, & vous auſſi, Platon?
O Ciel! Et que devient cette Philoſophie,
Qui d'un œil dédaigneux vous faiſoit voir la vie?
Apollodore, Hiles, vous me ſuivrez.

UN AMI.

Hélas!

SOCRATE.

Si vous vous affligez vous ne le croyez pas.
A quoi ſert de gémir, de pleurer, de me plaindre;
Pour un cœur innocent la mort eſt-elle à craindre?

UN AMI.

Ah! que nous sommes loin de rien craindre pour vous,
Socrate, en vous perdant nous ne plaignons que nous;
Nous pleurons un malheur affreux, irréparable,
Dont va nous accabler le Ciel impitoyable:
Comment agira-t'on pour vous après la mort?

SOCRATE.

Ami croyez-vous donc me retrouver encor?
Il ne reviendra point de son erreur extrême,
Il confondra toujours mon corps avec moi-même.
L'Être qui vit en moi, qui proméne mes yeux,
De la terre aux enfers & des enfers aux Cieux,
Qu'éleve la vertu, que rabaisse le crime,
Que la honte épouvante & que la gloire anime;
Qui par un noble instinct luttant contre ses fers,
Se trouve resserré dans ce vaste Univers,
Et voit avec mépris sa dépouille mortelle,
Pourroit-il se dissoudre & périr avec elle?
Non, cet Être invisible est descendu du Ciel;
Il ressemble à Dieu même, il doit être immortel.
Ami, soutenez-moi, mes membres s'affoiblissent,
Mon corps s'apésantit & mes génoux fléchissent:
Je vais donc m'affranchir de mes foibles liens;
Ne reprochez jamais ma mort aux Citoyens.
Vos mœurs feront le sort de la Philosophie,
Et ce séra par vous qu'ils jugeront ma vie.
Je ne me soutiens plus. Qu'entens-je?

LE GEOLIER.

Sidias

Et Criton qui vers nous précipitent leurs pas.

SCENE VIII & derniere.

Les mêmes.

(On ouvre les portes de la Prison.)

SIDIAS, CRITON, Peuple.

CRITON, *vivement & de loin.*

Socrate, le Sénat abjure sa sentence,
Anitus ne vit plus, il craignoit la vengeance.
Il fuyoit, mais le peuple enflammé de courroux,
Sur lui se précipite & l'abat sous ses coups.

(Criton & Sidias s'apperçoivent que Socrate va mourir; Criton reste immobile.)

SIDIAS.

Je vous ai condamné, le repentir m'accable,
Vous étiez innocent.

SOCRATE.

Vous m'avez crû coupable.
Un Juge, au tribunal, oubliant jusqu'à soi,
Ne connoît que le Ciel, & ne suit que la loi.
Anitus est donc mort?

SIDIAS.

Comme un tigre farouche,
La rage dans le cœur, le blasphême à la bouche.

SOCRATE.

, que je te plains, malheureux Anitus!
evez-moi, Criton.

SIDIAS.

O regrets ſuperflus!
O fureur! ô remors! ô monſtre déteſtable!
Me pardonnerez-vous ce crime abominable.

SOCRATE.

Il ne l'eſt pas pour vous, calmez votre frayeur,
Le mortel le plus juſte eſt ſujet à l'erreur.

SIDIAS.

O déteſtable erreur, aveuglement funeſte!

SOCRATE *fait un effort pour ſe tenir debout.*

Je ſuis entre la terre & le ſéjour céleſte,
Je ſens que par degrés la mort s'avance.

CRITON.

Hélas!

SOCRATE.

Ami, n'eſt-ce pas-là la main de Sidias.

CRITON.

Oui.

SOCRATE, *la preſſe contre ſon cœur.*

La nuit à mes yeux dérobe la lumiere;
Je ne vois plus. Criton, viens fermer ma paupière....
Un jour pur..... va bientôt.... chaſſer l'obſcurité....,
Je fais..... le premier pas.... vers..... l'immortalité.

Fin du troiſiéme & dernier Acte.

J'Ai lu, par ordre de Monseigneur le Chancelier, *La mort de Socrate, Tragédie*, & je crois qu'on peut en permettre l'impression A Paris ce 28 Mai 1763.

Signé, Marin.

www.ingramcontent.com/pod-product-compliance
Ingram Content Group UK Ltd.
Pitfield, Milton Keynes, MK11 3LW, UK
UKHW021015180726
13838UKWH00004B/1548

9 782329 127989